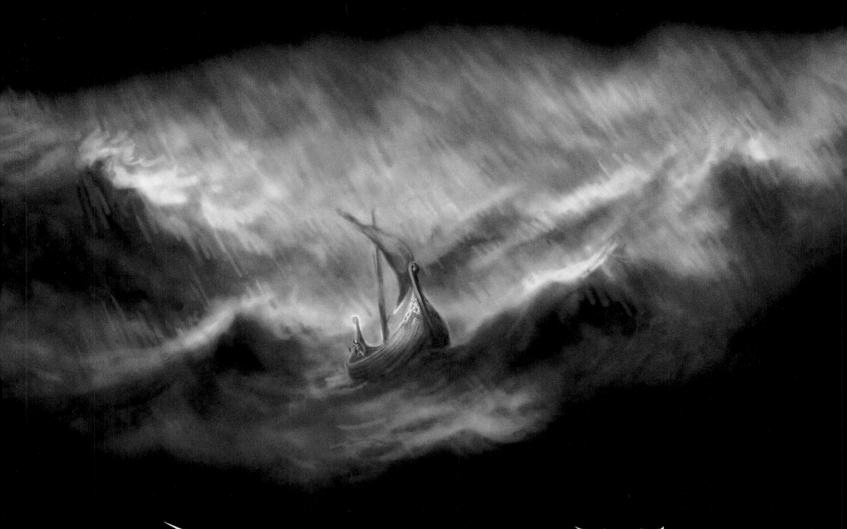

# LA VILLE D'YS

## I - LA FOLIE GRADLON

Scénario
RODOLPHE

Dessin
RAQUEL ALZATE

DARGAUD

LA VILLE D'YS,
UNE HISTOIRE EN TROIS VOLUMES.

Si vous voulez connaître la suite, laissez-nous
votre e-mail sur http://www.dargaud.com/ville-dys/alerte
pour être averti dès la sortie du prochain tome de *La Ville d'Ys*.

LETTRAGE : CHRISTOPHE SEMAL

WWW.DARGAUD.COM

© DARGAUD 2013
PREMIÈRE ÉDITION

TOUS DROITS DE TRADUCTION,
DE REPRODUCTION ET D'ADAPTATION
STRICTEMENT RÉSERVÉS POUR TOUS PAYS.
DÉPÔT LÉGAL : JUIN 2013 · ISBN 978-2205-05879-6
IMPRIMÉ ET RELIÉ EN BELGIQUE PAR PROOST

NOS HORDES SE LANCÈRENT À L'ASSAUT DES MURAILLES.

SUR LE CÔTÉ, DEUX TOURS NOIRES ENCADRAIENT UNE PETITE POTERNE. J'ESSAYAI D'Y ENTRAÎNER LES MIENS...

MAIS L'ENNEMI, QUI AVAIT SURGI PAR LES CÔTÉS, CONTENAIT CHACUN ET CHACUN DE NOS ASSAUTS...

À LA TÊTE DES NÔTRES, JE FRAPPAIS INLASSABLEMENT D'ESTOC ET DE TAILLE, ET TRISTHANE, MA BELLE ÉPÉE, RUISSELAIT DU SANG DE NOS ADVERSAIRES...

POURTANT, MALGRÉ TOUS NOS EFFORTS, TOUTES MES PROUESSES ET TOUS LES EXPLOITS DE MES COMPAGNONS...

... NOUS N'ARRIVIONS PAS À FRANCHIR LES LIGNES ENNEMIES ET À NOUS RAPPROCHER DE LA POTERNE.

AVEC MOI !! BRETAGNE !! BRETAGNE !!

DEPUIS QUE NOUS AVIONS QUITTÉ LES RIVAGES DE LA PETITE BRETAGNE, IL Y AVAIT DE CELA DES MOIS...

TOUTES LES NUITS JE FAISAIS LE MÊME RÊVE, TOUJOURS LE MÊME...

NOUS ABORDIONS SUR UNE ÎLE ÉTRANGE COIFFÉE D'UNE CITADELLE.

À LAQUELLE NOUS DONNIONS L'ASSAUT...

...MAIS CETTE FOIS, CE N'ÉTAIT PAS UN RÊVE !

BRETAGNE !! BRETAGNE !!

COMMENT NE ME SUIS-JE PAS INTERROGÉ SUR L'ORIGINE DE CETTE MAGIE QUI PLONGEAIT LA VILLE ENTIÈRE DANS LE SOMMEIL ?

J'ÉTAIS AVEUGLÉ PAR LA BEAUTÉ DE MAGDALEN.

UNE SOUDAINE ET IRRÉSISTIBLE PASSION ME DÉVORAIT...

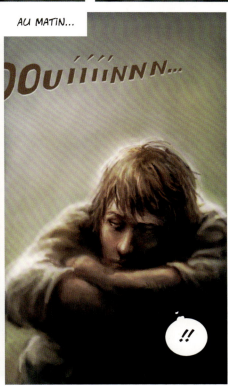

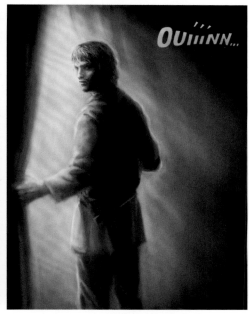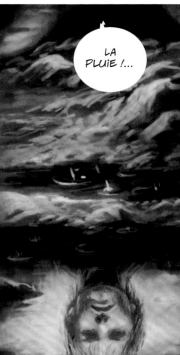

OÙ DIABLE SOMMES-NOUS ? LES ROCHERS ME FONT PENSER À CHEZ NOUS, À LA BRETAGNE. MAIS LES DEUX BRETAGNES SE RESSEMBLENT TANT !...

...ET PUIS, IL Y A LES ÎLES. ET LES TERRES DE THULÉ, AUSSI...

JE DÉCIDAI DE LAISSER LÀ LE NAVIRE ET DE CHERCHER UN CHEMIN...

EN ALLANT TOUT DROIT, JE FINIRAI BIEN PAR TROUVER QUELQUE CHOSE OU RENCONTRER QUELQU'UN.

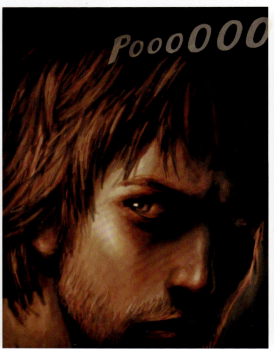

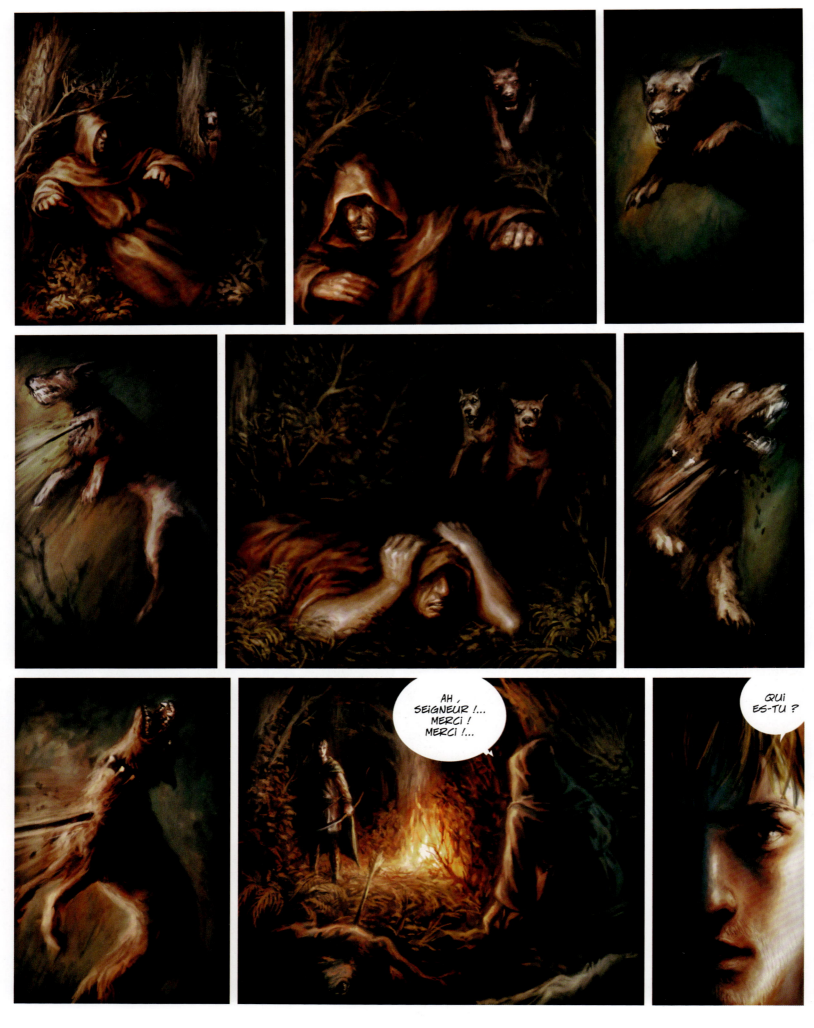

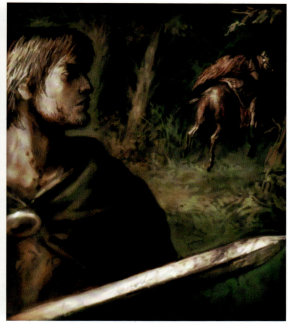

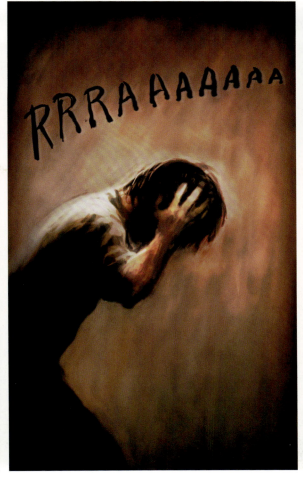